Tomás y Ricardo
El ladrón
de la camioneta verde

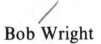
D0470536

Tom and Ricky
The Thief in the Green Van

Bob Wright

High Noon Books
Novato, California

Great appreciation is extended to both Phyllis Bourne and Eugenia Tusquets, who were responsible for the translation of this book into Spanish.

Cover Design and Illustrations: Herb Heidinger

International Standard Book Number: 0-87879-666-5

3 2 1 0 9 8 7 6 5 4
1 0 9 8 7 6 5 4 3 2

¿Qué pasa con los perros? Antes había muchos perros en el pueblo. Ahora, ninguno regresa a casa. David, Ana y Eduardo buscan a sus perros. Ahora le toca a Manchitas perderse. Tal vez el hombre de la camioneta verde tenga algo que ver con todo esto. El sargento Calderón les pide ayuda a Tomás y Ricardo.

What's happening to all the dogs? There were a lot of them in town. Now, they just don't come home. Dave, Ann, and Eddie are all looking for their dogs. Maybe Patches might be next. Maybe that man in the green van has something to do with all of it. Sergeant Collins gets Tom and Ricky to help him.

Contents

Contenido

CHAPTER 1

Missing Dogs

It was Saturday. Tom and Ricky sat in the front room. They were at Ricky's house. They didn't say anything. They just looked at the rain. It didn't stop. It just kept on raining. Patches, Ricky's dog, was sleeping.

"Where's the sun? Why doesn't it stop raining?" Ricky asked.

"I don't know. It was nice all week. Now look at it. Rain, rain, rain," Tom said.

"I was going to the park today," Ricky said.

CAPÍTULO 1

Los perros perdidos

Era sábado. Tomás y Ricardo estaban sentados en la sala. Estaban en la casa de Ricardo. No decían nada. Sólo miraban la lluvia. No paraba de llover. Llovía y llovía. Manchitas, el perro de Ricardo, estaba dormido.

—¿Dónde está el sol? ¿Por qué no para de llover? —preguntó Ricardo.

—No lo sé. No llovió en toda la semana. Ahora mira. Lluvia, lluvia y más lluvia —dijo Tomás.

—Yo quería ir al parque hoy —dijo Ricardo.

"I was, too. Now they won't have try-outs for baseball. It's too wet," Ricky said.

The phone rang. Ricky went to answer it. It was Ann. Ricky talked to her. Then he went back into the front room. Tom was still looking at the rain.

"Who was it?" Tom asked.

"It was Ann. Buck is missing," Ricky said.

Buck was Ann's dog. He was a little dog. He liked to stay home.

"Buck is not like that. He would not run away," Tom said.

"I know. Buck is a good dog. He likes to stay near Ann," Ricky said.

"Look! The rain is stopping," Tom said.

—Yo también. Con la lluvia no vamos a poder jugar al béisbol. Todo está muy mojado —dijo Ricardo.

El teléfono sonó. Ricardo fue a contestar. Era Ana. Ricardo habló con ella. Luego regresó a la sala. Tomás seguía mirando la lluvia.

—¿Quién era? —preguntó Tomás.

—Era Ana. Balín se ha perdido —dijo Ricardo.

Balín era el perro de Ana. Era un perro pequeño. No le gustaba salir de casa.

—Qué raro que Balín se pierda. No le gusta salir a la calle —dijo Tomás.

—Es verdad. Balín es un buen perrito. Le gusta estar con Ana —dijo Ricardo.

—¡Mira! Ya no llueve —dijo Tomás.

Ricky jumped up.

Patches woke up. He wagged his tail.

"Let's go over to see Ann. Maybe we can help her find Buck," Ricky said.

"We might see him. He might be near Ann's house," Tom said.

"Mom, we're going to ride over to Ann's house," Ricky called out.

Ricky's mother came into the front room. "I don't want you to go out in that rain," she said.

"It stopped. We won't get wet," Ricky said.

"OK. But don't be gone too long. The rain might start again," she said.

Patches jumped up. He wanted to go, too.

"OK, Patches. Come on," Ricky said.

Ricardo dio un salto.

Manchitas se despertó. Comenzó a mover la cola.

—Vamos a ver a Ana. Tal vez la podemos ayudar a encontrar a Balín —dijo Ricardo.

—Tal vez lo veamos en la calle. Debe estar cerca de casa de Ana —dijo Tomás.

—Mamá, vamos a ir en bicicleta a casa de Ana —gritó Ricardo.

La mamá de Ricardo entró a la sala. —No quiero que vayas a la calle con esta lluvia —dijo ella.

—Ya no llueve. No nos vamos a mojar —dijo Ricardo.

—Está bien. Pero no tarden mucho. Puede comenzar a llover otra vez —dijo ella.

Manchitas saltó. Él también quería ir.

—Está bien, Manchitas. Ven —dijo Ricardo.

They got on their bikes. Patches ran in back of them down the street.

"Look! There's Eddie," Tom called out.

"What's he doing? He's all wet," Ricky said.

Eddie was standing next to his bike. He was looking up and down the street. He didn't see Tom and Ricky.

"Eddie! Eddie!" Ricky called out.

Eddie saw them. Tom and Ricky rode over to him.

"What are you doing? You're all wet," Ricky said.

"Are you looking for Buck?" Tom asked.

"Buck? No, I'm looking for Lucky, my dog," Eddie said.

4

Se subieron a sus bicicletas. Manchitas corría detrás de ellos por la calle.

—¡Mira! Allí está Eduardo —dijo Tomás.

—¿Qué está haciendo? Está todo mojado —dijo Ricardo.

Eduardo estaba parado junto a su bicicleta. Estaba mirando para un lado y otro lado de la calle. No vio a Tomás y Ricardo.

—¡Eduardo! ¡Eduardo! —gritó Ricardo.

Eduardo los vio. Tomás y Ricardo pararon junto a él.

—¿Qué estás haciendo? Estás todo mojado —dijo Ricardo.

—¿Estás buscando a Balín? —preguntó Tomás.

—¿Balín? No, estoy buscando a Fortuna, mi perro —dijo Eduardo.

"What do you mean?" Tom asked.

"Is Lucky missing, too?" Ricky asked.

"Tell me about Buck," Eddie said.

"Is Lucky missing, too?"

—¿Qué dices? —preguntó Tomás.

—¿Fortuna también se ha perdido? —preguntó Ricardo.

—¿Qué le pasó a Balín? —preguntó Eduardo.

—*¿Fortuna también se ha perdido?*

"Ann can't find him. She has looked and looked for him," Ricky said.

"Lucky is missing. Buck is missing. Is it the rain?" Eddie asked.

"It can't be. Patches is still here," Tom said.

Patches wagged his tail. He seemed to know what they were saying.

"Come on. Let's get over to Ann's house," Tom said.

"Where does she live?" Eddie asked.

"Right over there," Tom answered.

They all walked over to Ann's house. Patches was right with them.

"Stop. I think I hear Dave," Eddie said.

—Ana no lo puede encontrar. Lo ha buscado por todas partes —dijo Ricardo.

—Fortuna se ha perdido. Balín se ha perdido. ¿Crees que puede ser por la lluvia? —preguntó Eduardo.

—No puede ser. Manchitas está aquí —dijo Tomás.

Manchitas movió la cola. Él parecía saber lo que ellos decían.

—Ven. Vamos a casa de Ana —dijo Tomás.

—¿Dónde vive? —preguntó Eduardo,

—Aquí mismo —contestó Tomás.

Todos caminaron a casa de Ana. Manchitas estaba con ellos.

—Esperen. Creo que oigo a David —dijo Eduardo.

CHAPTER 2

A Dirty Baseball Cap

Dave was yelling. But he wasn't calling the boys. He was calling his dog.

"Trapper! Trapper! Here Trap! Come here," he called out.

Dave started to go away. He didn't see Tom, Ricky, Eddie, and Patches.

"Dave. Stop. We want to talk to you," Ricky called to him.

Dave stopped. He saw all of them.

"Where's Trapper?" Ricky asked.

CAPÍTULO 2

La gorra sucia de béisbol

David gritaba. Pero él no los llamaba a ellos. Llamaba a su perro.

—¡Lancero! ¡Lancero! ¡Ven Lancero! Ven acá —gritaba.

David se iba. No veía a Tomás, Ricardo, Eduardo y Manchitas.

—David, espera. Queremos hablar contigo —Ricardo llamó.

David se paró. Los vio a todos.

—¿Dónde está Lancero? —preguntó Ricardo.

"I wish I knew. He ran out to play. I haven't seen him all day," Dave answered.

"Where have you looked?" Eddie asked.

"Everywhere. I've been looking everywhere for him. I just can't find him," Dave answered.

"Maybe he just ran away," Tom said.

Ann could hear all of them talking. She came out of her house. "What's going on?" she asked.

"Come on. Let's go see Ann," Ricky said.

They all walked over to Ann's house.

"What are all of you doing out here?" Ann asked.

"Tom and I wanted to help you find Buck. Then we saw Eddie and Dave," Ricky said.

—Eso quiero saber. Salió a jugar. No lo he visto en todo el día —contestó David.

—¿Dónde lo has buscado? —preguntó Eduardo.

—Por todas partes. Lo he buscado por todas partes. No lo puedo encontrar —contestó David.

—Tal vez se escapó —dijo Tomás.

Ana los oyó hablar. Ella salió de su casa —¿Qué pasa? —preguntó ella.

Ven. Vamos a casa de Ana —dijo Ricardo.

Todos caminaron a casa de Ana.

—¿Qué hacen todos ustedes aquí? —preguntó Ana.

—Tomás y yo queremos ayudarte a encontrar a Balín. Encontramos a Eduardo y a David —dijo Ricardo.

"Lucky is missing," Eddie said.

"And so is Trapper," Dave said.

"We're looking for our dogs. But we can't find them," Eddie said.

"Have you looked for Buck?" Eddie asked Ann.

"Yes. I let him out of the house. He didn't come back. He always comes back," Ann said.

"That's what I did. I let Lucky out. He always comes back. This time he didn't," Eddie said.

"What about you, Dave?" Ann asked.

"I was in the park with Trapper. He was looking at all the birds. He ran over into some trees. But he didn't come back," Dave said.

—Fortuna se ha perdido —dijo Eduardo.

—También se ha perdido Lancero —dijo David.

—Estamos buscando a nuestros perros. Pero no los podemos encontrar —dijo Eduardo.

—¿Has buscado a Balín? —le preguntó Eduardo a Ana.

—Sí. Lo dejé salir de la casa. Pero no regresó. Él siempre regresa —dijo Ana.

—Eso fue lo que yo hice. Dejé salir a Fortuna. Él siempre regresa. Esta vez no lo hizo —dijo Eduardo.

—¿Y qué te pasó a tí, David? —preguntó Ana.

Yo estaba en el parque con Lancero. Él estaba mirando los pájaros. Se puso a correr hacia los árboles. Y no regresó —dijo David.

"Did you look for him?" Tom asked.

"You bet I did. I looked and looked. But I didn't find him," Dave answered.

"Where did you look, Ann?" Tom asked.

"I went over to Mrs. Gold's house. She lives down the street. Buck likes to go there. She gives him bones," Ann said.

"Was Buck there?" Ricky asked.

"No, he wasn't," she answered.

"Did you see anyone when you went home?" Eddie asked.

"I saw a truck parked down the street. A tall man was getting into it. I ran over to him. I asked if he had seen a little black dog. He said he didn't see anything," she said.

¿Lo buscaste? —preguntó Tomás.

—Claro que sí. Lo busqué y lo busqué. Pero no lo pude encontrar —contestó David.

—¿Dónde buscaste tú, Ana? —preguntó Tomás.

—Lo busqué en la casa de la señora Gómez. Vive más abajo. A Balín le gusta ir allá. Ella le da huesos —dijo Ana.

—¿Estaba Balín allí? —preguntó Ricardo.

—No, no estaba —contestó ella.

—¿Viste a alguna persona cuando regresaste a casa? —preguntó Eduardo.

—Vi un camión parado más abajo en la calle. Un hombre alto estaba subiendo al camión. Yo corrí donde él. Le pregunté si vio un perrito negro. Él dijo que no vio nada —dijo ella.

"How about you, Eddie. Did you see anything," Ricky asked.

"Yes, I did. Come to think of it, I did. I saw a man getting into a van. It was green. But he went away fast. I didn't ask him anything," Eddie answered.

"Stop! I didn't see a truck. I saw a van. It was a green van," Ann said.

"Maybe it was the same one that Eddie saw," Dave said.

"There are a lot of green vans in this town," Eddie said.

"Did you see anyone in it?" Eddie asked.

"Yes. I saw a man. He was tall and thin. He had on a dirty baseball cap," Ann said.

11

—Y tú Eduardo. ¿Viste tú algo? —preguntó Ricardo.

—Sí. Ahora que me acuerdo, sí vi algo. Ví a un hombre que se subía a una camioneta. Era color verde. Pero se fue muy rápido. No le pude preguntar nada —contestó Eduardo.

—¡Un momento! Yo no vi un camión. Lo que vi fue una camioneta. Era una camioneta verde —dijo Ana.

—Tal vez era la misma camioneta que vio Eduardo —dijo David.

—Hay muchas camionetas verdes en el pueblo —dijo Eduardo.

—¿Viste a alguien en la camioneta? —preguntó Eduardo.

—Sí. Ví a un hombre. Era alto y flaco. Tenía puesta una gorra de béisbol sucia —dijo Ana.

Eddie jumped up. "The man I saw in the green van looked like that. He was tall and thin. He had on a dirty baseball cap."

"He was tall and thin. He had on a dirty baseball cap."

Eduardo saltó. —El hombre que vi dentro de la camioneta verde era así. Él era alto y flaco. Tenía una gorra sucia de béisbol.

—*Era alto y flaco. Tenía puesta una gorra sucia de béisbol.*

CHAPTER 3

A Good Idea

Patches jumped up when Eddie jumped up. Patches started barking.

"Stop it, Patches," Ricky said.

"What's going on? Ann and Eddie can't find their dogs. They saw a man in a green van. The man they saw had on a dirty baseball cap," Ricky said.

Dave didn't say anything. He knew that Trapper was gone. But he didn't see the green van. Or the man.

CAPÍTULO 3

Una buena idea

Manchitas saltó cuando Eduardo saltó. Manchitas comenzó a ladrar.

—Basta, Manchitas —dijo Ricardo.

—¿Qué pasa? Ana y Eduardo no pueden encontrar a su perro. Ellos vieron un hombre en una camioneta verde. El hombre tenía una gorra sucia de béisbol —dijo Ricardo.

David se quedó callado. Él sabía que Lancero se había perdido. Pero él no vio la camioneta verde. Tampoco vio al hombre.

"That does it. We have to do something." Tom said.

"What?" Dave asked.

"I say we go to the police and tell them," Ricky said.

"Dave and I will ride around. We'll try to find that green van," Eddie said.

"I'll go with you," Ann said.

"Tom and I will go to the police," Ricky said.

"That's a good idea. Sergeant Collins will help us," Tom said.

They all got on their bikes. Patches started to bark. "OK, Patches. You come with us," Ricky said.

Ya basta. Tenemos que hacer algo —dijo Tomás.

—¿Qué cosa? —preguntó David.

—Yo digo que mejor vamos a la policía y les decimos lo que pasa —dijo Ricardo.

—David y yo vamos a seguir buscando. Vamos a tratar de encontrar la camioneta verde —dijo Eduardo.

—Yo voy con ustedes —dijo Ana.

—Tomás y yo vamos a ir a la policía —dijo Ricardo.

—Es una buena idea. El sargento Calderón nos va a ayudar —dijo Tomás.

Todos se subieron a sus bicicletas. Manchitas comenzó a ladrar —Está bien Manchitas. Puedes venir con nosotros —dijo Ricardo.

Ann, Eddie, and Dave started to look everywhere for the green van. Tom and Ricky went as fast as they could to the police.

"You know what, Ricky?" Tom called out.

"No, what?" Ricky answered.

"I don't see any dogs," Tom said.

Ana, Eduardo y David comenzaron a buscar la camioneta verde por todas partes. Tomás y Ricardo se fueron rápido a la policía.

—¿Sabes una cosa, Ricardo? —gritó Tomás.

—No, ¿qué cosa? —contestó Ricardo.

—No veo ningún perro —dijo Tomás.

CHAPTER 4

Sergeant Collins Helps Out

Tom and Ricky rode as fast as they could go. Patches ran fast, too. They knew Sergeant Collins would help them if he was there.

They jumped off their bikes. "I don't have my lock," Tom said.

"That's OK. There are a lot of police here. It will be OK," Ricky said.

"What about Patches?" Tom asked.

"He'll be OK. Patches, sit. We'll be back," Ricky said. Patches sat down by the bikes.

CAPÍTULO 4

El sargento Calderón viene a la ayuda

Tomás y Ricardo se fueron muy rápido en sus bicicletas. Manchitas corría mucho también. Ellos sabían que el sargento Calderón los iba a ayudar si lo encontraban.

Ellos saltaron de sus bicicletas. —No traje mi candado —dijo Tomás.

—Está bien. Aquí hay muchos policías. No va a pasar nada —dijo Ricardo.

—¿Qué hacemos con Manchitas? —preguntó Tomás.

—No le va a pasar nada. Manchitas, siéntate. Ya regresamos —dijo Ricardo. Manchitas se sentó junto a las bicicletas.

They ran in as fast as they could. They didn't see Sergeant Collins. There were a lot of police there.

"Can you tell us where Sergeant Collins is?" Ricky said to one man.

"Just go down this hall. You'll see him," the man said.

"There he is," Tom yelled. They ran over to Sergeant Collins.

"I haven't seen you two in a long time," Sergeant Collins said.

"Sergeant Collins, we have to tell you about all the dogs," Tom said. Tom and Ricky talked at the same time. Sergeant Collins looked at them. He was all mixed up.

Ellos corrieron muy rápido. Pero no podían encontrar al sargento Calderón. Había muchos policías allí.

—¿Nos puede decir dónde está el sargento Calderón?— le preguntó Ricardo a un hombre.

—Sigue por este pasillo. Ya lo verás —dijo el hombre.

—Allí está —gritó Tomás. Ellos corrieron hacia el sargento Calderón.

—No los he visto a ustedes dos en mucho tiempo —dijo el sargento Calderón.

—Sargento Calderón, tenemos que decirle lo que pasa con todos los perros —dijo Tomás. Tomás y Ricardo hablaban al mismo tiempo. El sargento Calderón los miró a los dos. Él estaba confundido.

"Stop. Tell it all to me again. I am all mixed up," Sergeant Collins said.

Ricky told everything. He didn't go fast. "Did I say everything, Tom?" he asked.

"That's it," Tom said.

Sergeant Collins didn't say anything. He just looked at Tom and Ricky. Then he said, "This is a mystery. Something is not right."

"What do you think?" Ricky asked.

"We had something like this ten years ago," he said.

"Do you think you can help us," Tom asked.

"I hope I can," Sergeant Collins said.

"What do you want us to do?" Ricky asked.

"Can we help?" Tom asked.

—Paren. Me tienen que decir todo otra vez. Me están confundiendo —dijo el sargento Calderón.

Ricardo le contó todo. Pero no habló rápido.—¿Le dije todo, Tomás? —preguntó él.

—Sí —dijo Tomás.

El sargento Calderón no dijo nada. Se quedó mirando a Tomás y a Ricardo. Luego dijo: —Esto es un misterio. Algo malo está pasando.

—¿Qué cree que sea? —preguntó Ricardo.

—Algo parecido pasó hace unos diez años —dijo él.

—¿Cree que nos puede ayudar? —preguntó Tomás.

—Espero que sí —contestó el sargento Calderón.

—¿Qué quiere que hagamos? —preguntó Ricardo

—¿Podemos ayudar? —preguntó Tomás.

"Did you or anyone get the number on the van?" the Sergeant asked.

"No. Everything was too fast," Ricky said.

"We had something like this ten years ago," he said.

—¿Alguno de ustedes apuntó el número de la camioneta? —preguntó el sargento.

—No. Todo pasó muy rápido —dijo Ricardo.

—Algo parecido pasó hace unos diez años —él dijo.

"Let's do this. Go back to the park. Look around. You might see that green van. Get the number if you do. Then come back here," the Sergeant said.

"Is that all you want us to do?" Tom said.

"That will help me a lot," the Sergeant said.

"We'll be back as soon as we can," Ricky said.

They ran to the front door. They stopped and looked out. It was still wet. But, it wasn't raining. There were not many cars. They saw a van parked down the street. Then it started to go.

"Look at that van. Eddie was right. There must be a lot of them in this town," Tom said.

"And it's a green one, too," Ricky said.

—¿Qué les parece lo siguiente? Regresen al parque. Miren por allí. Tal vez vean la camioneta verde. Si la ven, tomen el número. Luego regresen acá —dijo el sargento.

—¿Eso es todo lo que quiere que hagamos? —dijo Tomás.

—Me sería de mucha ayuda —dijo el sargento.

—Vamos a regresar lo antes que podamos —dijo Ricardo.

Corrieron a la puerta de entrada. Pararon a mirar. Todavía estaba todo mojado. Pero no estaba lloviendo. No había muchos autos en la calle. Ellos vieron una camioneta verde parada más abajo de la calle. Se estaba yendo.

—Mira esa camioneta. Eduardo tiene razón. Deben haber muchas iguales en el pueblo —dijo Tomás.

—Es verde también —dijo Ricardo.

They got on their bikes. Then Ricky said, "Where's Patches? He was sitting right here when we went in."

"Patches! Patches!" Tom called out.

Patches did not come. They called and called.

"Tom, I don't like this. Where's Patches? Now he's missing," Ricky said.

Se subieron en sus bicicletas. Luego Ricardo dijo: —¿Dónde está Manchitas? Estaba aquí junto a mi bicicleta cuando entramos.

—¡Manchitas! ¡Manchitas! —gritó Tomás.

Manchitas no vino. Ellos llamaron y llamaron.

—Tomás, no me gusta nada. ¿Dónde está Manchitas? También se ha perdido —dijo Ricardo.

CHAPTER 5

The Chase

"Come on, Patches. Come on," Tom called.

"It's no use, Tom. Now he's missing," Ricky said.

"That van, Ricky. I bet it was that same green van," Tom said.

"It all adds up. That green van is always near when a dog is missing," Ricky said.

"What do we do?" Tom asked.

"You go after that van. See where it is going. I'll get Sergeant Collins," Ricky said.

CAPÍTULO 5

La persecución

—Ven, Manchitas, ven —llamaba Tomás.

—Déjalo, Tomás. No va a venir —dijo Ricardo.

—Esa camioneta, Ricardo. Seguro que era la misma camioneta verde —dijo Tomás.

—Eso parece. Esa camioneta verde está siempre cerca cuando se pierde uno de los perros —dijo Ricardo.

—Y ahora, ¿qué hacemos? —preguntó Tomás.

—Tú persigue a la camioneta. Mira adónde va. Yo voy a buscar al sargento Calderón —dijo Ricardo.

Tom got on his bike. He went as fast as he could.

Ricky ran back and got Sergeant Collins.

"Sergeant Collins! Sergeant Collins! Patches is missing. We saw the green van. Tom is going after it," Ricky said.

"Now we can do something," the Sergeant said. He jumped up.

"What are you going to do?" Ricky asked.

"Come with me. I need you," he said.

Sergeant Collins ran to his car. Ricky was right with him. "Get in. What way did the van go?" he asked Ricky.

"That way," Ricky said.

"Why aren't you going fast?" Ricky asked.

Tomás se subió a la bicicleta. Se fue lo más rápido que pudo. Ricardo corrió de regreso a buscar al sargento Calderón.

—¡Sargento Calderón! ¡Sargento Calderón! Manchitas no está. Vimos la camioneta verde. Tomás la está siguiendo —dijo Ricardo.

—Ahora podemos hacer algo —dijo el sargento. Se levantó de un salto.

—¿Qué va a hacer? —preguntó Ricardo.

—Ven conmigo. Te necesito —dijo él.

El sargento Calderón corrió a su auto. Ricardo estaba a su lado. —Sube. ¿Por qué lado se fue la camioneta? —le preguntó a Ricardo.

—Por allá —dijo Ricardo.

—¿Por qué no va más rápido? —preguntó Ricardo.

"He will see me, if I go fast. Then he will go fast, too," the Sergeant said.

"I don't see the van," Ricky said.

"We'll just have to find it. It has to be near here," the Sergeant said.

"Stop. There's Tom. He sees us. He wants to tell us something," Ricky said.

Tom was standing by his bike. Sergeant Collins pulled his car up next to Tom. He called out to Tom.

"Where is the van?"

"Down that way. He isn't going fast. I could go as fast as he was going," Tom said.

"I'm going to stay with Sergeant Collins and help him," Ricky said.

—Si voy rápido me va a ver. Y entonces va a ir rápido él también —dijo el sargento.

—No veo la camioneta —dijo Ricardo.

—Ya la veremos. Tiene que estar cerca de aquí —dijo el sargento.

—Pare. Allí está Tomás, Ya nos vio. Quiere decirnos algo —dijo Ricardo.

Tomás estaba parado junto a su bicicleta. El sargento Calderón paró el auto junto a Tomás. Lo llamó.

—¿Dónde está la camioneta?

—Por allá abajo. No va muy rápido. Yo podía ir tan rápido como él —dijo Tomás.

—Yo me voy a quedar con el sargento Calderón para ayudarlo —dijo Ricardo.

"What should I do?" Tom asked.

"Go back and tell Ann, Eddie, and Dave, what we're doing. We're going to get their dogs. Let them know everything will be OK," the Sergeant said.

"OK. Good luck," Tom called out.

Sergeant Collins didn't talk much now. He was looking for the van. He wanted to get it. He wanted to find out about the dogs.

"There it is. I can see it," Ricky said.

"I see it, too," the Sergeant said.

"Why don't you go faster?" Ricky asked.

"I don't want him to know we're after him. He is staying on Front Street. Front Street goes to the next town," the Sergeant said.

¿Qué quiere que yo haga? —preguntó Tomás.

—Regresa y dile a Ana, Eduardo y David lo que estamos haciendo. Vamos a encontrar a sus perros. Diles que todo va a salir bien —dijo el sargento.

—Está bien. Buena suerte —gritó Tomás.

El sargento Calderón no hablaba mucho ahora. Estaba buscando la camioneta. Quería atraparla. Y quería saber dónde estaban los perros.

—Allí está. La puedo ver —dijo Ricardo.

—También yo la veo —dijo el sargento.

—¿Por qué no va más rápido? —preguntó Ricardo.

—No quiero que sepa que lo estamos siguiendo. Ahora va por la calle Front. La calle Front sigue hasta el otro pueblo —dijo el sargento.

The police car was getting near the van. Front Street was an old street. It had a lot of bumps. The van was not going fast. But it was going up and down. So was the police car. The man in the van didn't seem to know that the police car was in back of him. Just then the green van went over a big bump in the street. The back doors opened.

"Look at that," Ricky said.

The van was full of dogs. And the dog right by the door was Patches. All the dogs were barking.

"That's Patches. That's him. Go faster, Sergeant Collins. We have to get Patches," Ricky yelled.

El auto de la policía estaba cerca de la camioneta. La calle Front era vieja. Tenía muchos baches. La camioneta no iba rápido. Pero daba saltos. También los daba el auto de policía. El hombre de la camioneta no parecía saber que el auto de la policía estaba detrás de él. Justo entonces la camioneta verde pasó sobre un bache muy grande de la calle. Las puertas de atrás se abrieron.

—Mire eso —dijo Ricardo.

La camioneta estaba llena de perros. Y el perro que estaba junto a la puerta era Manchitas. Todos los perros estaban ladrando.

—Ese es Manchitas. Ese es él. Vaya más rápido, sargento Calderón. Tenemos que salvar a Manchitas —gritó Ricardo.

"I can't go too fast. Patches might fall out. I might hit him. There are too many dogs in that van," the Sergeant said.

Patches wagged his tail. Then he jumped.

—No puedo ir muy rápido. Manchitas se puede caer. Y mi auto lo puede golpear. Hay demasiados perros en esa camioneta —dijo el sargento.

Manchitas movió la cola. Luego saltó.

There were too many bumps. The van could not go fast. Ricky called out, "Patches! Patches! Jump, boy."

Patches saw Ricky. He didn't want to jump. But he wanted to be with Ricky. He barked. He wagged his tail. Then he jumped.

La calle tenía muchos baches. La camioneta no podía ir muy rápido. Ricardo gritó:

—¡Manchitas! ¡Manchitas! Salta, amigo.

Manchitas vio a Ricardo. No quería saltar. Pero quería estar con Ricardo. Ladró. Movió la cola. Entonces saltó.

CHAPTER 6

Going After the Thief

Sergeant Collins stopped his car. Ricky jumped out. He ran over to Patches. He made sure that Patches was all right. Patches was OK. He could have been hurt. Patches licked Ricky's face.

"What about the van? Where is it?" Ricky asked.

"He got away. But I got his number. I'll call it in from the car," Sergeant Collins said.

Sergeant Collins took Ricky and Patches back to Ann's house. Everyone was there.

CAPÍTULO 6

Tras el ladrón

El sargento Calderón paró su auto. Ricardo saltó afuera. Corrió adonde estaba Manchitas. Lo miró para ver si le había pasado algo. Manchitas estaba bien. Se pudo haber hecho daño. Manchitas lamía la cara de Ricardo.

—¿Qué pasa con la camioneta? ¿Dónde se fue? —preguntó Ricardo.

Se escapó. Pero tengo su número. Lo voy a dar por radio —dijo el sargento Calderón.

El sargento Calderón llevó a Ricardo y a Manchitas de regreso a casa de Ana. Todos estaban allí.

"It sure is good to see you, Patches," Tom said.

Ricky told them how they got Patches.

"What about the van and our dogs?" Eddie asked.

"We'll get that van. I got the number," Sergeant Collins said.

"Did you see Buck in the back of the van?" Ann asked.

"I didn't see Buck or Lucky or Trapper," Ricky said.

"There were a lot of dogs in that van," the Sergeant said.

"They could have been there. We just didn't see them," Ricky said.

—Qué bueno verte otra vez, Manchitas —dijo Tomás.

Ricardo les contó cómo había rescatado a Manchitas.

—¿Qué pasó con la camioneta y los otros perros? —preguntó Eduardo.

—Vamos a encontrar la camioneta. Ya tengo el número —dijo el sargento Calderón.

—¿Vieron a Balín dentro de la camioneta? —preguntó Ana.

—No vı ni a Balín, ni a Fortuna, ni a Lancero —dijo Ricardo.

—Habían muchos perros en la camioneta —dijo el sargento.

—Seguro que estaban allí. Lo que pasa es que no los vimos —dijo Ricardo.

The Sergeant looked at all the kids. They all wanted their dogs back. "I think your dogs are all right. I think I know what's going on."

"You do? Tell us what you think," Eddie said.

"That van was on Front Street. Front Street goes to the next town. They have a lot of dogs in that town. A lot of them don't have homes. They have a man who gets those dogs," the Sergeant said.

"How does he know if the dogs don't have a home?" Dave asked.

"He looks to see if they have a tag on them," the Sergeant said.

"What if they don't have a tag?" Ann asked.

31

El sargento miró a todos los muchachos. Todos querían rescatar a sus perros. —Yo creo que sus perros están bien. Creo que sé lo que pasa.

—¿Lo sabe? ¿Por qué no nos cuenta lo que cree que pasa? —dijo Eduardo.

—Esa camioneta iba por la calle Front. La calle Front va hasta el otro pueblo. En ese pueblo hay muchos perros. Muchos de ellos no tienen dueño. Por eso tienen a un hombre que recoge a todos esos perros —dijo el sargento.

—¿Cómo sabe él cuáles perros no tienen dueño? —preguntó David.

—Él mira si tienen la licencia —dijo el sargento.

—¿Qué pasa si no tienen la licencia? —preguntó Ana.

"Then he gets $5.00 for each dog," the Sergeant said.

"But our dogs have tags," Ann said.

"I know they do. But this man cuts them off," the Sergeant said.

"He comes to our town. He gets our dogs. He takes all the dogs he can find," Dave said.

"Then he cuts off their tags," Ricky said.

"And then he gets $5.00 for each dog," Ann said.

"And then he gets rich," Tom said.

"And then we don't have our dogs anymore," Ricky said.

"Yes, it is very bad," Sergeant Collins said.

"Where are all the dogs now?" Ricky asked.

—Le dan $5 por cada perro —dijo el sargento.

—Pero nuestros perros tienen la licencia —dijo Ana.

—Ya sé que la tienen. Pero este hombre se las quita —dijo el sargento.

Él viene a nuestro pueblo. Roba nuestros perros. Se lleva todos los perros que puede encontrar —dijo David.

—Luego les quita la licencia —dijo Ricardo.

—Y por eso le dan $5 por cada perro —dijo Ana.

—Y se vuelve rico —dijo Tomás.

—Y nosotros nos quedamos sin perros —dijo Ricardo.

—Sí, es muy triste —dijo el sargento Calderón.

—¿Dónde están todos los perros? —preguntó Ricardo.

"I don't know. The man might keep them for two or three days," the Sergeant said.

"Can we help find them?" Tom asked.

"I will go there. You all stay here. It won't look good if we all go," the Sergeant said.

"How will you find them?" Ann asked.

"I'll ask around. I know some people there. They might know something. The people of that town are nice. They won't like this," the Sergeant said.

"I still want to help find Lucky," Eddie said.

"I know you do. And Ann and Dave want to get their dogs. I don't want that man to see all of you with me. He might do something bad. He might hurt your dogs," the Sergeant said.

No lo sé. Puede ser que el hombre se quede con ellos por unos dos o tres días —dijo el sargento.

—¿Podemos ayudar a encontrarlos? —preguntó Tomás.

—Yo iré al otro pueblo. Ustedes quédense aquí. No podemos ir todos —dijo el sargento.

—¿Cómo los va a encontrar? —preguntó Ana.

—Voy a preguntar por allí. Conozco a varias personas en ese pueblo. Tal vez sepan algo. La gente de ese pueblo es muy buena. No les va a gustar lo que pasa —dijo el sargento.

—Quisiera ayudar a encontrar a Fortuna —dijo Eduardo.

—Ya sé. Y Ana y David quieren encontrar a sus perros. No quiero que ese hombre me vea con todos ustedes. Tal vez se le ocurra hacer algo malo. Les puede hacer daño a los perros —dijo el sargento.

"That's right. We don't want the dogs to get hurt," Eddie said.

"Let's do this. I'll take Tom and Ricky. They can help me. Is that all right with the rest of you?" the Sergeant asked.

"It's OK with me," Ann said.

"With me, too," Eddie said.

Dave said it was all right with him.

"Well, then, let's go," Sergeant Collins said.

Tom and Ricky got in the police car. Ricky called back to Eddie, "Take care of Patches for me."

Es cierto. No queremos que les pase nada a los perros —dijo Eduardo.

—Vamos hacer lo siguiente. Me voy a llevar a Tomás y a Ricardo. Ellos me pueden ayudar. ¿Les parece bien a los demás? —preguntó el sargento.

—Está bien —dijo Ana.

—Estoy de acuerdo —dijo Eduardo.

David dijo que le parecía bien.

—Bueno, entonces vamos —dijo el sargento Calderón.

Tomás y Ricardo subieron al auto de la policía. Ricardo le gritó a Eduardo: —Cuida a Manchitas hasta que vuelva.

CHAPTER 7

Ready for the Thin Man

The police car took off. This time it was going fast. They had to go fast. They had to get the dogs before they were hurt.

The car went on to Front Street. This was the way to the next town. That's where the dogs were.

"I hope Lucky, Buck, and Trapper are all right," Sergeant Collins said.

"Do you think they might be hurt?" Ricky asked.

CAPÍTULO 7

Listos para el hombre flaco

El auto de la policía se fue. Esta vez iba rápido. Ellos tenían que ir rápido. Tenían que encontrar a los perros antes de que les hicieran daño.

El auto iba por la calle Front. Era el camino para llegar al otro pueblo. Allí era donde estaban los perros.

—Ojalá que Fortuna, Balín y Lancero estén bien —dijo el sargento Calderón.

—¿Cree que tal vez les haya hecho daño? —preguntó Ricardo.

"I don't know. They could be," he answered.

They were going down Front Street very fast.

"This is not a good street. They have to fix it," Tom said.

"It has too many bumps," Ricky said.

"The bumps are good," the Sergeant said.

"Good?" Tom asked.

"They made the doors of the van open. That's how we got Patches back," he said.

"That's right, Tom. It's good to have Patches back. I'll take the bumps any day," Ricky said.

Sergeant Collins stopped the car. They were at the next town.

—No lo sé. Puede ser —contestó el sargento.

Iban muy rápido por la calle Front.

—Esta calle está mal. Tienen que arreglarla —dijo Tomás.

—Tiene muchos baches —dijo Ricardo.

—Los baches sirven —dijo el sargento.

—¿Para qué sirven? —preguntó Tomás.

—Gracias a los baches se abrieron las puertas de la camioneta. Así fue como rescatamos a Manchitas —dijo él.

—Es verdad, Tomás. Qué bien que rescatamos a Manchitas. Sólo por eso me gustan los baches —dijo Ricardo.

El sargento Calderón paró el auto. Ya estaban en el otro pueblo.

The Sergeant didn't say anything.

"What do we do now?" Ricky asked.

"We need to get some answers," the Sergeant said.

"How do we do that?" Ricky asked.

"There's a man. I'm going to talk to him. You stay here," he said. Sergeant Collins got out of the car. He went over to the man. They talked. Then he came back.

"Did you find out anything?" Tom asked.

"I sure did. That man has lived in this town for a long time. He knows a man who lives in a big house near here. That man has a lot of dogs. And the man has a green van!" the Sergeant said.

El sargento no dijo nada.

—¿Ahora qué hacemos? —preguntó Ricardo.

—Necesitamos averiguar algo —dijo el sargento.

—¿Cómo? —preguntó Ricardo.

—Allí hay un hombre. Voy a hablar con él. Quédense aquí —dijo. Él fue donde el hombre. Hablaron. Luego regresó.

—¿Le dijo algo? —preguntó Tomás.

—Sí. Ese hombre vive desde hace mucho tiempo en este pueblo. Conoce a un hombre que vive cerca de aquí en una casa grande. Ese hombre tiene muchos perros. Y también tiene una camioneta verde —dijo el sargento.

"A green van! That's him. That's the thin man with the dirty baseball cap," Ricky said.

"How do we get there?" Tom asked.

"I know the way. It's near here," he said.

The police car didn't go fast this time. Sergeant Collins didn't want the thin man to know they were coming.

"That's it. Look," he said. Then he stopped the car.

Tom and Ricky saw a big, old white house. There was a little house near it. The big house was away from other houses. There were a lot of trees around it. They could hear a lot of dogs barking.

"I can hear the dogs," Ricky said.

—¡Una camioneta verde! Ese es él. Ese es el hombre flaco con la gorra de béisbol sucia —dijo Ricardo.

—¿Cómo llegamos a la casa? —preguntó Tomás.

—Yo sé dónde queda. Está cerca —dijo él.

El auto de la policía no iba rápido ahora. El sargento Calderón no quería que el hombre flaco supiera que iban a su casa.

—Ésta es. Miren —él dijo. Luego paró el auto.

Tomás y Ricardo vieron una casa blanca, grande y vieja. Junto a ella había una casita. La casa grande estaba lejos de las otras casas. Tenía muchos arboles alrededor. Oían ladrar a muchos perros.

—Oigo a los perros —dijo Ricardo.

"That's why he lives here. He has to be alone. He has too many dogs. They bark a lot," the Sergeant said.

"Look. There's the green van," Tom said.

"He must be in the house," the Sergeant said.

"What do we do now?" Ricky asked.

"Let's see if he is alone. Maybe we can get him," the Sergeant said.

They didn't go fast. They stayed low. They got to the side of the big house.

"You look in, Ricky," the policeman said.

"He's there," Ricky said.

"Good. Now we can get him," the Sergeant said.

—Por eso vive aquí. Quiere estar solo. Tiene muchos perros. Ellos ladran mucho —dijo el sargento.

—Miren. Ahí está la camioneta verde —dijo Tomás.

—Él debe estar en la casa —dijo el sargento.

—¿Ahora qué hacemos? —pretuntó Ricardo.

—Vamos a ver si está solo. Tal vez lo podemos atrapar —dijo el sargento.

Fueron despacio. Iban agachados. llegaron al lado de la casa grande.

—Mira adentro, Ricardo —dijo el policía.

—Esta ahí —dijo Ricardo.

—Bien. Ahora lo vamos a atrapar —dijo el sargento.

CHAPTER 8

Lucky Dogs

Sergeant Collins went to the front door of the big house. The door didn't open. He gave it a big kick. Down it went.

The thin man jumped up. His dirty cap fell to the floor. He didn't know what to do. Sergeant Collins walked over to him. The thin man picked up a baseball bat.

"Stay where you are," the thin man said.

"Put that bat down," the Sergeant said.

"What do you want?" the thin man said.

CAPÍTULO 8

Perros con suerte

El sargento Calderón fue a la puerta de entrada de la casa grande. La puerta estaba cerrada. Le dio una gran patada. La puerta se abrió.

El hombre flaco saltó. Su gorra sucia se cayó al suelo. No sabía que hacer. El sargento Calderón se le acercó. El hombre flaco tomó un bate de béisbol.

—No se mueva —dijo el hombre flaco.

—Suelte ese bate —dijo el sargento.

—¿Qué busca? —dijo el hombre flaco.

"I want you and I want the dogs," the Sergeant said.

"You can't take my dogs," the man said.

"Put that bat down. I have two more men."

—Lo busco a usted y a los perros —dijo el sargento.

—No se puede llevar a mis perros —dijo el hombre.

Suelte ese bate. Tengo dos hombres más.

"Put that bat down. I have two more men. You'll never get away from here," the Sergeant said.

"Two more men? OK. OK. I give up. What's the use. You can take the dogs," he said. He put the bat down.

"Come with me." Sergeant Collins took him to the car and locked him in. Then he came back.

"We've got him. Now let's see how the dogs are," he said to Tom and Ricky.

They walked over to the little house. They all looked in. It was full of dogs. They were all dirty. They needed food and water.

"I see Buck and Trapper," Ricky said.

"And there's Lucky," Tom said.

—Suelte ese bate. Tengo dos hombres más. No se puede escapar —dijo el sargento.

—¿Dos hombres más? Está bien. Está bien. Me rindo. Qué voy a hacer. Se puede llevar a los perros —dijo él. Soltó el bate.

—Venga conmigo—. El sargento Calderón lo llevó al auto y lo encerró allí. Luego regresó.

—Ya lo atrapamos. Ahora vamos a ver a los perros —les dijo a Tomás y a Ricardo.

Caminaron hasta la casita. Todos miraron adentro. Estaba llena de perros. Todos estaban sucios. Necesitaban comida y agua.

—Veo a Balín y a Lancero —dijo Ricardo.

—Y allí está Fortuna —dijo Tomás.

"I think we can take them back with us. I'll call the police in this town to get the rest," the Sergeant said.

All the dogs wagged their tails when Tom and Ricky got the three dogs out. "I wish we could take all of them," Ricky said.

"They'll all be out of here today," the Sergeant said. "They'll be alright."

When they got back to the car, Ricky said, "Where will we put the dogs?"

"They can go in back with the thin man," the Sergeant said. The dogs jumped in the back seat. They barked at the man all the way back home.

Eddie and Dave were at Ann's house. They all ran to the police car when they saw the dogs.

—Creo que nos los podemos llevar con nosotros. Voy a llamar a la policía del pueblo para que recojan al resto —dijo el sargento.

Todos los perros movieron la cola cuando Tomás y Ricardo sacaron a los tres perros. —Ojalá me pudiera llevar a todos —dijo Ricardo.

—Todos van a estar fuera de aquí hoy —dijo el sargento. No les va a pasar nada.

Cuando regresaron al auto, Ricardo dijo: —¿Dónde vamos a poner a los perros?

—Pueden ir atrás junto al hombre flaco —dijo el sargento. Los perros saltaron al asiento de atrás. Le ladraron al hombre durante todo el camino de regreso.

Eduardo y David estaban en casa de Ana. Corrieron al auto de la policía cuando vieron a los perros.

The sun was out now. Everyone was happy. The dogs jumped all over the kids.

"I have to take this man with me. Thank you for helping me. The dogs will all be OK," Sergeant Collins said.

"You know what?" Ricky said.

"What?" the Sergeant asked.

"That man made Tom and me miss the baseball try-outs. Now we can't get on the team."

'Sure you can," the Sergeant answered.

They all looked at Sergeant Collins.

"Are you sure?" Ricky asked.

"Sure I'm sure. I'm the coach. And I missed them, too!"

El sol brillaba. Todos estaban contentos. Los perros saltaban sobre los muchachos.

—Tengo que llevarme a este hombre. Gracias por la ayuda. Los perros van a estar bien —dijo el sargento Calderón.

—¿Sabe una cosa? —dijo Ricardo.

—¿Qué cosa? —preguntó el sargento.

Ese hombre nos hizo perder el entreno de béisbol a Tomás y a mí. Ahora no vamos a poder estar en el equipo.

—Sí van a poder —contestó el sargento.

Todos miraron al sargento Calderón.

—¿Está seguro? —preguntó Ricardo.

—Claro que estoy seguro. Yo soy el entrenador. ¡Y yo también me perdí el entreno!

Dear Reader:

We hope you enjoyed this *Tom and Ricky* mystery. If you would like to read other stories that Bob Wright has written about Tom and Ricky, choose from these exciting Spanish/English novels:

El misterio de las tortugas siamesas
The Siamese Turtle Mystery
Order #658-4

La escalera secreta
The Secret Staircase
Order #659-2

La corona de la momia
The Mummy's Crown
Order #660-6

El auto rojo
The red hot rod
Order #661-4

El espía de los juegos de video
The Video Game Spy
Order #662-2

El misterio de la estrella fugaz
The Falling Star Mystery
Order #663-0

El misterio de la hebilla de plata
The Silver Buckle Mystery
Order #664-9

El misterio de la casa-árbol
The Tree House Mystery
Order #665-7

El ladrón de la camioneta verde
The Thief in the Green Van
Order #666-5

El robo de la moneda de oro
The Gold Coin Robbery
Order #667-3

High Noon Books publishes lots of other easy-reading books — suspenseful adventure stories, spine-tingling science fiction, and many other mysteries (including more *Tom and Ricky* mysteries in English-only editions).

If you'd like a *free* catalog, just write to:

HIGH NOON BOOKS
20 Commercial Boulevard
Novato, CA 94949

Estimado lector:

Esperamos que este misterio de *Tomás y Ricardo* haya sido de su agrado. Si desea leer otros cuentos sobre Tomás y Ricardo escritos por Bob Wright, puede escoger entre las siguientes emcionantes novelas en español e inglés.

El misterio de las tortugas siamesas
The Siamese Turtle Mystery
Order #658-4

La escalera secreta
The Secret Staircase
Order #659-2

La corona de la momia
The Mummy's Crown
Order #660-6

El auto rojo
The red hot rod
Order #661-4

El espía de los juegos de video
The Video Game Spy
Order #662-2

El misterio de la estrella fugaz
The Falling Star Mystery
Order #663-0

El misterio de la hebilla de plata
The Silver Buckle Mystery
Order #664-9

El misterio de la casa-árbol
The Tree House Mystery
Order #665-7

El ladrón de la camioneta verde
The Thief in the Green Van
Order #666-5

El robo de la moneda de oro
The Gold Coin Robbery
Order #667-3

La editorial High Noon Books publica muchos otros libros de lectura fácil que contienen aventuras llenas de intriga, emocionante ciencia ficción y muchos otros misterios (incluyendo más misterios de la serie de Tomás y Ricardo en las ediciones escritas sólo en inglés).

Si desea recibir un catálogo gratis, escríbanos a:

HIGH NOON BOOKS
20 Commercial Blvd., Novato, CA 94949

Tom and Ricky's Home Town Map
El mapa del pueblo de Tomás y Ricardo